KB268925

밥벌레가 쓴 詩

미래시선 123

밥벌레가 쓴 詩

지은이 · 구광렬
펴낸이 · 임종대
펴낸곳 · 미래문화사

찍은 날 · 2002년 12월 5일
펴낸 날 · 2002년 12월 10일

등록 번호 · 제3-44호
등록 일자 · 1976년 10월 19일
주소 · 서울시 용산구 효창동 5-421
전화 · 715-4507 / 713-6647
팩시밀리 · 713-4805
E-mail · miraebooks@korea.com
         mirae715@hanmail.net

ⓒ2002, 미래문화사
ISBN 89-7299-243-7

정가 · 5,000원

밥벌레가 쓴 詩

구광렬

미래시선 123

미래문화사

시인의 말

몇 번이나 찢어버렸는지 모른다
부끄러우면 애당초 쓰지를 말 것이지,
쓴 뒤에 또 발표하는 건 뭐고?
그것도 책으로,
한두 번도 아니고……

그래도 용서해 주시길 바란다
시라고 긁적이고 있는 동안은
눈이 반짝이고, 살아 있는 사람 같아 보이니,

카타르시스인가
토해냈더니
덜 매슥거린다

힘들어 하시는 이들을 위해
2002년 11월
구광렬

차례

1
포도나무와의 약속

포도나무와의 약속

내가 비료와 퇴비를 주면
그는 나에게 눈알보다
더 까아만 포도 만드는 법을
가르쳐 주기로 했다

물을 주고
줄기와 잎이 위로 향하도록
긴 막대도 꽂아 주면
가끔은 천기도 누설시켜
주기로 했다

이슬이 붉은 포도즙이 되는 것이
요술이 아니라, 끝없이 뻗어 나가는
넝쿨의 사랑이란 걸
알알이
보여 주기로 했다.

철새

철새는 자살을 한다

피 거꾸로 뭉쳐 세우고
안으로 눈물 삼키고
날개를 잊다니…
바보로구나

알 떨어진 자리
이곳이기에
다시 돌아오는 철새,
장미보다 더 붉은 석양 아래서
어린것들은 여지껏
첫 비행의 점조차 못 찍고 있건만
계절너머
그는,
바보처럼… 자살을 한다.

풀들을 위해

꽃 없는 풀들을 위해
벌, 나비 찾지 않는 풀들을 위해
비는
내려라

목말라도
그 뉘 물 줄 이 없고
배고파도
그 뉘 밥 줄 이 없는
시들한 풀들을 위해
오늘, 비는 내려라

뉘 싫다더냐
달디단 비료 맛을…

꽃 없으니
향기 없지만
가시 또한 없지 않느냐

오늘도 은총을 기다린다
하나님 보우하사
비야!
…내려라.

無 題

나는 색종이의 색을 보지 않고
바랜 종이를 보련다
나는 종이를 보지 않고
종이일 수밖에 없었던 나무들을 보련다
나는 나무들을 보지 않고
나무이기를 바라던
바람과,
결코 사라지지 않을
…구름들의 눈빛을 보련다

가을 비

알 수 없구나,
시절의 속내를
그렇게 바라던 비가
여름내 아니 내리더니
이제사 바랜 그림자를
찢어져라, 뚫으니…
참새들마저
먼 길 떠나
바스락거림도 없는 들판을
허수아비,
그토록 기다리던 비를
혼자 맞고 서 있다

나쁜 이웃

멕시코 Veracruz* 어딘간
빗자루를 꽂아도 싹이 난다는 곳이 있다

사람들이 잠을 자는 동안
神은 콩쥐의 소처럼 밭을 갈고
또 물을 댄다
허나, 정녕 수확만은 해 주지 않아
이웃들이 다 훔쳐가고 쭉정이만 남긴다

* Veracruz : '진정한 십자가'란 뜻으로 멕시코 북동부 대서양 연안에 위치한 주(州) 이름이다.

무거동 빨래터에선…

무거동 빨래터에선
시커먼 제도는 빨리지 않고
누우런 빤스만 빨린다
그 빤스 입고 불알에 요령 소릴 내며
X 빠지게 뛰어도 해고당할 서방과
밥벌레 자식놈들의 구멍 터진
결백한 빤스들만 몽둥이질 당한다
빨고 싶은 건 이내 마음속인데
확 뒤집어 박박 문지르고 싶지만
— 내가 죽을 년이지
　　　　·
　　　　·
　　　　·

송사리 떼 발가벗고 시방도 오다니는
무거동 빨래터에선
시커먼 제도는 빨리지 않고
누우런 빤스만 빨린다

단감나무와 어머니

어머니보곤 현실주의자시란다
그런 어머닌, 어릴 적부터 실속 없는 나를
텅 빈 강정 같은 놈이라 하신다
어느 봄날
단감 묘목 몇 그루 사들고 온 날
당신의 희미한 두 눈에도 실망의 빛은 번쩍였는데

– 언제 따먹을 수 있노?
– 한 5년 후면요
– 아이구 시어마시야, 명 짧은 년 어디 맛이라도 보겠나
  올 가을에 따먹을 수 있는 나무 한 그루 사지 그래
– 이빨도 없으시면서 어떻게 드실라꼬예
– 누가 내 물라 카나

이렇게 어머닌,
실속 없는 80 몇 년을 현실주의자로 사셨다

어떤 새

날개는 자유가 아니다
사랑 가는 곳마다
또 거기 있음을 퍼덕이고픈 구속이다
아니다,
어둠이 부리까지 차오르고
밤은 익을 대로 익어 석비레에
푸두둑 떨어질 때
왜 날아야 하나,
…날개는
이유 없을 자유이다

땅을 보고자 하나
하늘로 가고 있다
왼쪽과 오른쪽 각막의 영상엔
한번은 자유이고 또 한번은 구속이다

오늘 새는 사랑이 깃털을 여민 그 둥지 밖에서
리반 클럽의 눈을 휘날리고 있다

¿자유인가?
¿구속인가?
¿구속인가?

¿자유인가?

         ·

         ·

·구속의 자유이다.
·자유의 구속이다.

         ·

         ·

꽃

나는 썩었다
머리서 발끝까지…
쓰여지는 글자들이
하낫 둘, 하낫 둘 피를 흘릴 것이라고,
꿈에도 생각한 쓰레기 가득한 대가리 속에선
예사 핏방울 하나 아니 열리고,
수시로 벌리고 있는 아가리 속에선
국민학교 때 쑤셔 박힌 꽁치 꼬리들이
지랄 염병을 떨고 있다

썩히지 않기 위해 얼굴도 닦이고
이빨들은 문질러지고
가끔 머리엔 비듬약도 살포되었지만
아, 나는 썩었다
못이라도 쳐서 때울 성한 가죽 한 마 없이…

: 염통 대신 전자시계(태양 전지가 아닌 건전지로
가든지 오든지 말던 하는)를,
허파 대신 냉차 뽑아 먹던 자전거 튜브 바람넣는 펌프를,
그리고 내가 가장 사랑하는 내 자지 대신
아프리카 토인들의 성기 확대기인 댓집에
댓진을 바르고…

그래도 썩을 땐 그 위에 꽃이 필 것이다
결코
지지 않을
노오란 造花가 필 것이다

전봇대

나무라 불러 달라 한다
뿌리에서 올라오는 쓴 고독을
향기와 열매로 나눌 수 있는…

하염없이 이렇게 비를 맞으면
언젠가 콘크리트에도 구멍이 나
수액 뜨겁게 흘러
잎새 돋고
가지 또한 뻗어
만세 부를 수 있는 生으로…

푸른 숲에서
시치미 떼고 서 있는 전봇대
꽃마저,
꽃마저 피우리라 한다

씨앗

우린 씨앗으로 남으리
싹 돋아 온몸 푸르러도
각자 씨앗으로 남으리

맺힐 열매로 이름 호사로와도
부러져야만 했던
수많은 가지들을 생각하며
아직은 조용히
다른 싹들을 준비하리

화려한 꽃보단 떨어져야만 했던
수많은 잎새들을 생각하고
수만 번 땅 속에서 숨죽이며 기도하는
하나
까아만 씨앗으로 남으리

他鳴鐘

201호 다섯 번 울고
203호 여섯 번 울고
202호 뻐꾸기 목 비틀어도
노오란 암탉은 하아얀 달걀을 낳고

가짜 뻐꾸기
시간 맞춰 사기를 칠 때
진짜 뻐꾸기
벌떡 일어나
눈물 콱 쏟고 싶어도

가짜 뻐꾸기
멜롱 – 뻐꾹
멜롱 – 뻐꾹

내일도
다섯 번 울면 201호
여섯 번 울면 203호
202호 뻐꾸기 울지 않아도
노오란 암탉은 하아얀 달걀을 낳고

聖水

우린,
몸 하나 가릴 우산 있어도
그냥 걸어야 한다

산성비로 고육은 타 버리고
심장 가릴 갈비뼈 몇 점 겨우 남아도
입 꾸욱 다물고 걸어야 한다

우린,
굴뚝 연기가 발전이라는 진화된 원숭이 아닌가
달의 토끼를 죽이고, 그 토의 간으로 몸보신하며
손자들의 영원한 계수나무와 떡방아로
잘 먹고 잘 사는 문명인이 아닌가

뼛속까지 쏟아지는 산성비
아암, 철판 깐 심장을 녹여 최후 고백을 할 때 즈음
파르르 떨고 있을 정수리를 뜨겁게 적셔 줄
聖水라도,
聖水라도 되어야지.

별

별들이 부럽다
바람에 뭐지 않고
빗줄기에 바래지 않는
별들이 부럽다

쉬 찾을 수 있고
폭풍 후에 보다 초롱하며
오늘은 이별이지만
내일 꼭 다시 만나는
별들이 부럽다

별 하나 머리 위에
별 둘 그 한 뼘 위에
항상 같은 눈빛으로 서로를 확인해 주는
…별들이 부럽다.

2
모화역에서

모화역에서

기다림이 있다는 건
사랑이 있다는 것
사랑 없인 하루도 힘든데,
오늘 철길 따라 걷는다

떠난 기차는 정시에 돌아오지 않는가
그냥 스치어도 좋다
나, 사랑할 때 슬픔은 기억하나
외로움은 낯선데
오늘
모든 것 그리웁구나

내릴 사람 없고
반길 사람 없어도
기차를 보련다
너무나 그리워
기차라도 만나련다

몇 교대에요?

강은 멈추고
시간은 관성으로만 흐르고
여기엔 표준시가 소용없을 곳
내가 낮이면 너는 밤이요
너에게 좋은 아침이면 나에겐 죽 쑬 저녁이다
전설의 강, 도도했다던 강
지금은 누가 이 강을 운전하고 있나
둑엔,
뿌리가 허공에 매달린 콩나물보다 더 가는 들풀들이
울긋불긋 모반하려 들지만
– 말할 테니 들어라, 이것은 강이 아니다
　전설이야, 이야기야, 히히… 순전히 구라빵이야
　오래 전 벌레가 씹다만 낙엽들이
　미이라로 헐떡이고 있는 너와 나의 강은
　이미 탄성을 팔아먹었어 –

곡괭이 자루 같은 팔뚝에 관속까지 함께 할
지 밧데리보다 더 싼 one dollar 시계의 문신이
더 이상 낮과 밤도 구별 안 된다고 할 때
우린 각자 컴컴한 자궁으로
빛을 꾸어서라도 돌아갈 수밖에…

- 이제 일어나지, 그래
- 그래 일어나야지

줄타기

줄보다 질긴 세월이
마른 채찍을 들고 있는 한
줄을 탄다

외줄 끝에 조상도 모를 유혹이
밀랍처럼 번쩍이는 한
줄을 탄다

외줄로 가서
외줄로 돌아올 수밖에 없지만
해 본 것이라곤 줄타기뿐
오늘도
목숨보다 질길 것으로 믿고픈
줄을 탄다

수선화

그대 눈 속엔 수선화가 살고 있네
가끔 찾아오시어
茶라도 한 잔 기울이면
그 향기 온 방에 가득하다

한 송이 두 송이
결코 눈 밖으로 나오지 않으니
나, 그들을 만나려면
그대 귀한 손일 수밖에…

한 방울 두 방울
꽃잎에 맺힐 이슬마저 만나려면
송두리째 초롱초롱
또 그 주인일 수밖에…

수탉

마지막 울음이다
잡아먹힌다
뒷집에 매어진 한 마리 코페르니쿠스
해지면 죽을 줄도 모르고
한물간 지동설을 새벽부터 주창한다
마지막 눈물이다
울고 또 울고
내 몫까지 울어라

그날엔

맨발로 밟으리
그리던 땅
온종일 먹지 않고도
배고프지 않으리

정말 그곳도 우리 땅
진실로 하나된 대지를
기쁨의 눈물로 가득 채울
그날엔,

맨발로 밟으리
그리던 땅
두 손 두 팔 다 뻗어
비로소 하늘 있음을 알지니…

비

고마운 비가 내린다
님 붙잡을 구실인 비가 내린다
님께서 먼저
핑계로 아니 가시겠다면
더없이 기쁘겠지만
비 구실 삼아 붙잡은 님
이내 그치면 떠나실 님
가시더라도 비 나리는 동안
'내 마음이라' 하소서

통도사에서

산다는 건 어차피 혼자 아닌가

무엇인지도 모르고 무엇이 되고자
날마다 수천 바퀴, 수만 바퀴의
윤회를 꿈꾸다니
조물주는 혼자일 수 있게 하였건만
나는 이렇게 혼자일 수 없구나
접어두고,
내 팔, 다리와
먼저 상의를 해야겠다
지금이라도…

쓰레기

몸 어딘가 썩고 있다 어딘지 모르나
들썩일 때마다 냄새 난다
또렷하게 면경에 비치는
이목구비는 아닌 듯하고
사지 또한 일상 유용하니, 아닌 듯하고
오장 육부 쪽인가?
아니다
담배도 안 하고 주량이라야 소주 반병도 채 못되는 놈이
30년 먹은 양이래야
같은 건물에 사는 김 아무개 선생
일년 빨고 들이킨 양의 절반도 안 될 테니
그러면 혹시?
그래, 똥 든 머리일게다
송구공만한 내 작은 머리통이
40년간 수집한 쓰레기들이
이제사 발효되는 것이다

컬트무비

한평생 한 나라 말아먹는 일만 하는 사람들이 있는 반면에
한평생 한 줄 두 줄 김밥 말아 모은 전 재산
남의 집 애들 공부 잘 하라고 몽땅 내놓으신
할머니 한 분이 계십니다.

  언제부터 말기 시작했나요?
– 박정희 때부터요.
  한시라도 김밥 말기를 그만 두신 적이 있나요?
– 아뇨, 전두환, 노태우, 김영삼 그리고 지금 김대중 때도
  말고 있어요.
  딴 일을 하신 적은 없으신지요?
– 아뇨, 김밥밖에 말 줄 몰라요.
  새벽에 누우면 김밥이 천장에 붙어 있어요.

          .

          .

믿습니까?? 믿습니다!!
全 부장검사님 말씀이 가슴에 와 닿습니다. – 김XX 신도
님 50만원 감사헌금 고맙습니다. 예수님의 은총이 있기
를 간절히 비나이다

          .

          .

이 땅에 죄 없는 사람들은

당신들뿐이잖소
어제의 죄는 오늘의 표창이 되고
법은 엿가락처럼 늘어나 이리 철썩 저리 철썩 붙으니
이빨만 좋으면 무슨 일이든
누워서 떡 먹기 아니오.

   언제부터 말아먹기 시작했나요?
─ 이승만 때부터요.
   한시라도 말아먹기를 그만 두신 적이 있나요?
─ 아뇨, 박정희, 전두환, 노태우, 김영삼, 그리고 지금 김
   대중 때도 말아먹고 있어요.
   딴 일을 하신 적은 없으신지요?
─ 아뇨, 나라 말아먹는 일밖에 몰라요.
   대낮에도 누우면 천장에 돈이 붙어 있어요.
         ·

         ·

   믿습니까??? ─ 믿습니다!!!
   박XX 신도님, 70만원 감사 헌금 고맙습니다.
         ·

         ·

         ·

아아멘

울산공단 용현초등학교 폐교를 보며…

쪽빛 이파리들을 위해
어디 싹 하나 꽂을 수 있다면
내려오겠네

쉬 떠나지 못했네
고사리 손 떠나던 날
두통도 배앓이도 진통제도 없는 학교 찾아
서쪽으로 떠나던 날…

아, 이제 산을 내려와야지
피보다 진한 수액을 뻐얼뻘 흘리며
죽음일지라도 반동강 난 몸뚱어리 다시 일으켜
어딘가 있을 갈매 동산을
찾아서…

도시에선

도시에선,
많은 이들을 보지만
내일이면 낯설다

본 듯해 돌아보면
꿈에서도 본 적 없다

아는 이도
모르는 이도 없는
도시 중앙에 서면

나도 모르게
그들도 모를 내가
낯설어진다.

희망나무

이것이 윤회인가
삶이 두렵지 않은데
죽음이 두려우랴

사랑을 몸으로 실천하는 累德 :
나는 여름에 옷을 입고 겨울에 벗는다

누드가 되자
치부 가릴 잎새 하나 없이…
불타던 대지에 그늘을 주던
겹겹의 옷가지를 후울 던져 버리자

갸느린 풀들아,
꽁꽁 언 손발들을 내어 보렴!
뜨거운 입술로
뜨거운 살점으로
사르르…또 녹여 주려니

눈

나, 머리 다 빠지면 어때
    눈만 살아 있으면 되지

나, 내장 다 썩으면 어때
    눈만 살아 있으면 되지

나, 죽은들 어때
    무덤 뚫고 눈만 번뜩이면 되지

목련화

한 잎
두 잎
살찐 꽃잎들이 소쩍이 소리에 밤새 떨어지니
아, 지난봄은 또 어디로 가고 없구나
떨어져야 살이 돋는 걸…
향기는 없지만
찬바람 부는 가을까지 푸를 수 있다면

무엇이 될 수 없으면서 나는
하나
둘
한없이 떨어지기만 하는데
잎도 없이 꽃을 피우는 목련은
하아얀 꽃잎 몇 장으로
청청, 푸른 여름을 만드는구나

3

페인트 자국, 새똥 그리고 하얀 나비

봄은 오고

창밖에 봄은 또 왔다
새들 지저귀고 하늘 푸르다
따스한 햇살 가득 품고 담 너머
개나리가 웃고 있다
송곳 추위를 이겨낸 보상으로 웃음을 받았나 보다
온몸이 쑤신다 얼어 있던 뼈들이 풀리려나…
이제 다시 일어나면 한없이 낮추리라
매달릴 과실 크기를 보고 땅으로만 기는
지혜로운 호박처럼

그리고 기다려야지
고개 숙이며
그저, 해만 쫓는 해바라기처럼

이빨

오늘 아프던 이빨의
신경을 죽였다
먹어야 사는가 보다
마른 씨강냉이 한 톨 만한 이빨 하나로
몸무게가 열흘 새 2kg이나 빠졌다
내 몸 속에서도 분열이 일어나는가
너를 죽여야 내가 살 수 있는…
편하다. 얼굴이 펴지며 살 것 같다
          .
          .

인생도 이렇게 신경이 있어
가끔 죽일 수 있었으면 좋겠다

Tlaltelolco*

눈은 사방으로 열려 있고
입은 X한
마스크로 닫혀 있고…
10월 2일을 영원히 달력 밖으로 추방하자

온 세상에 그들의 피가 돌고 있다
하늘에도 - 독수리의 발바닥에도
땅에도 - 뱀의 혓바닥에도
타오르는 太陽에 사납게 달구어진
그들의 피가, 들끓고 있다

질퍽했던 이 땅에
숨막히는 10월의 첫째 수요일에
피!
피!
피!
피가 다시 나리고 있다

* Tlaltelolco는 멕시코시티 북부에 위치한 지역으로 멕시코 최초의 아파트 단지가 조성된 곳이다. 1968년 경제가 어려움에도 불구하고 멕시코 정부가 출혈 재정으로 올림픽 유치 결정을 발표하자, 이를 반대하는 시민들이 그 철회를 요구하며 집단 시위를 한 결과, 군경 병력과 시위대의 충돌로 이곳에서 수많은 사상자가 발생하였다.

장미

8월이면 떠난다
외로움
털어 버리고
훌쩍
떠난다

뿌리에서 꽃잎까지
후울
벗어 던지고
하늘 저편으로 떠난다

무얼 할거냐구?
한 잎 두 잎
편질 써야지
가시는 삼켜 버리고
네가 남긴 향기만을 바람에 부치며…

願忘草

잊혀진 나를
끝내 잃어버리다

울고 웃지만
그 웃음, 그 울음 아니다
내 가슴 엷어져
사뭇사뭇
어설픈 유행가 소절에도 결이 맺힌다

풀섶에 머물던 한 줌 봄마저 떠나면
이제 낯선 곳이 되겠구나
웃어야 할 때 울고
울어야 할 때 웃는
― 꿈에서도 낯선 곳

바다

바다는 기억을 지우려 한다
기억을 지우면 인연이 없어지는지…

무엇을 못 잊어
머리로 갯바위를 치며
아니, 아니라고
도리질을 하는가

누가 그 아픔을 헤아릴 수 있을까
해묵은 愁心을
쉬 알 순 없는 일

그러나 바람 없인 항해할 수 없으니
바다의 수심은 바람이 되고
바람은 또 파도가 되어
화석이 되어 버린 기억들을
조금씩,
조금씩,
지워 나가는 것을…

선인장

열대지방 선인장 하나
적지에 홀로 남겨진 아군 병사처럼
장작불똥 튀기는 벽난로 옆에 쭈그리고 있다

플라스틱 화분에 발이 묶여
또 난생 본 적도 없는
낙타 등을 그리는 것은 아닌지…

가시를 만져 본다
투항을 결심한 듯 부드럽다
체념한 것일까

아니다, 화분 안의 세상이 정녕 사막인데
노아의 방주를 탄 듯
뿌듯해 하고 있다
          .

          .

눈이 휘날리는 창밖을 힐끗 훔치고선…

바다로 지는 낙엽

욕지도 갯바위 숲에서는
수취인 불명의 편지가 바다로
부쳐진다

돌아오라고 보고싶다고
사랑한다고 사랑했다고
·
·
·

이제 마지막이라고
보고싶지도 않고 잊을 거라고
·
·

미워할 거라고

사랑의 편지
그리움의 편지
애원의 편지
·
·

그리고

절망의 편지

눈물도 채 마르지 않은 편지를
무심한 파도가
처얼썩 - 쏴아
되돌려 보내면

얼마나 사랑한 걸까?
가끔 호기심 많은 꽃게들만
빼꼼
들여다본다.

어느 未轉向 장기수

행여 잊을세라 고향 황해도 구월산,
바람도 없고 물도 없는
그 그림 위에다
꼬깃꼬깃 구겨둔 소싯적 사진 오려 놓고
— 내 왔다 고향에 왔다

행여 잊을세라
0.75평 감방 콘크리트 벽에다
새끼들 이름 손톱으로 새겨 놓고 침침한 눈을 위해 또
피를 먹인다

김일성이 누군가, 스탈린은 누군가
지 이름도 새김질 못하는 팔십 노인 욕보이나
어디서 어디로 무얼 전향 못했나
무엇이 전향인지
머릿속에 남은 건 꿈에도 못 잊을
고향뿐이건만,
고향 좋아하는 것도 사상인가
총알받이 몸뚱어리가 죄붙이였구나
노루처럼, 여우처럼
각자 자기 굴로 가자는 것뿐인데
반세기를 타향에서

그것도 숨막히고 피 막히는 콘크리트 쇠 감방에서
오늘도 오로지 고향만이 반추되는 것을…

숨을 쉬고 피가 흐르는 내 집은
언제 어디서든 나와 함께 하는 곳이요
내가 갈망하듯 나를 갈망하는 곳이다

轉鄕만은 못하겠다
고향만은 못 바꾸겠다
사상, 통일 개소리 말아라
못 알아듣는 것들일랑 니네들 다 가지고
나에겐,
치매로도 못 잊는 고향
– 고향만 돌려다오

그릴 수 없는 자화상

나는 내가 아니다
사진을 보든 거울을 보든
나는 나를 그릴 수 없다

내 몸 속에 내가 없고
벗어도 또 내가 아닌
아니 벗을래야 벗을 수 없는
탈 자체가 되어 버린 고기 덩어리

태워 버리자
묻어 버리자
그리고 떠나자
나도 모르는 곳으로

예수나 석가의 얼굴은 아니지만
어머니 자궁 속에서 짓던 미소를 띠며…

페인트 자국, 새똥 그리고 하얀 나비

산책길에 나비 두 마리
뜨겁게 연애 중인 듯
두 마리가 한 마리로 보인다
가까이 보니 아래 놈은 흰 페인트 자국이다
아뿔싸 더 가까이 가보니 새똥이구나!
어, 바로 앞에서 보니 위의 놈도 새똥이잖아
이제 몇 번이고 돌아봐도 영락없는 새똥이다

                    .

                    .

아이쿠! 내 코앞에는
노란 똥들이

              .

              .

        떠
                다
        니
                는
        구
                나

개밥바라기별은 떠오르고…

가을엔
영혼이 시리다
없음에 느끼는 고독이 아니라
넘쳐 느끼는 고독이다

모래톱의 모래알보다 더 많은 별들,
다른 별들이 곁에 있어도
또 자리를 지켜야기에
혼자이다

가을엔,
호오이 호오이
바랠 때까지
개밥바라기별마저…혼자이다

장 작

무엇을 그리워할 것인지
망설여지는 지금
너는 확실히
무엇을 향해 무엇을 위해
온몸을
일으키는구나

하늘에 무엇을 두었더냐
다리 묻고 살아온 세월
그 세월 야속하여
하늘로 가는 거냐

너의 정열이
온몸에 흐르던
못 다한 사랑이
마지막 꽃으로 피었구나

나도 너처럼 어디
두고 온 사랑 있어
이 몸 살라서라도
그리우고,
그리우고 싶어라

법원 앞에서

허허 저것 봐라
쥐새끼가 법원에 들어가네
놈이 오늘은 또
무엇을 클릭할려구

뭉개진 쥐구멍에 대한
보상 소송을 걸었나
못 살겠다 이혼 심판이라도 벌렸나

아냐, 햅쌀 실컷 훔쳐먹고
쥐약 치러 가는지도 몰라
사람 사형시키는 법은 있어도
쥐 사형시키는 법은 없잖아
— 허긴, 법 만드는 놈들도 쥐새끼들이니까
농사 허벌나게 지어 봐야 다 헛것이야

쥐새끼들 잡는데는 그저 망치나 몽둥이가 최고인데
— 허허 조심해야지
오늘 들어간 놈이 재판장 나무 망치 갉아먹을지도 모르니
그 있잖아, 국회 의사봉을 사각사각 맛있게 해치운 놈
도…

들꽃

주인 없어 좋아라
바람을 만나면 바람의 꽃이 되고
비를 만나면 비의 꽃이 되어라

이름 없어 좋아라
송이송이 피지 않고 무더기로 피어나
넓은 들녘에 지천으로 꽃히니
우리들 이름은 마냥 들꽃이로다

뉘 꽃을 나약하다 하였나
꺾어 보아라 하나를 꺾으면 둘
둘을 꺾으면 셋
셋을 꺾으면 들판이 일어나니
코끝을 간지르는 향기는 없어도
가슴을 파헤치는 광기는 있다

들이 좋아 들에서 사노니
내버려두어라
꽃이라 아니 불린들 어떠랴
주인 없어 좋아라
이름 없어 좋아라

동자승 이야기

동자승에게 물었다
부처는 어디 있냐고
– 게요? 저기 있어요
손가락으로 부처 상을 가리킨다

4
평화보다 더 좋은 전쟁

어떤 새

내 몸 속엔
작지 않은 새 한 마리가
큰 둥지를 틀고 있다
머얼리
리오그란데에서 날아온
철새가 빠트린 알을
배고프던 시절
철없던 내가 꿀꺽 삼켜
내 뱃속에서 부화가 된
내 몸 속의 텃새이다
그의 飛翔은 나의 非常이다
부리를 식도에다 대고
홰라도 칠 양이면
난 머리에 프로펠러를 단 양
금새 하늘로 치솟고 만다
그는 그렇게 나의 눈을 통해
세상을 보는 것이다
허나
모든 것을 보여 줄 순 없다
그를 건드려 좋을 리 없기 때문이다
내뱉으려
병아리 때부터

목구멍으로 담배 연기와
독주를 붓고
구역질을 수천 번도 더 했지만
몸만 상했지
빼내진 못했다
                   .

                   .

이젠 지가 나오고 싶어도
내 목구멍 열 배나 되는
지 똥통 때문에 어쩔질 못한다

바람아 불어다오

그 바람이 불면
창을 열고
저 땅의 나무와
풀들의 이야기를 들으리라
꽃 한 번 흔들어 본 적 없는
숫총각의 바람이
가슴을 채우고
넘실 넘쳐 이 땅의 이파리들을 흔들면
꽃 내음
흙 내음
아, 살 내음
    ·
    ·
    ·

죽어도 좋으리, 그날엔

몬순의 나무

나의 잎은
칼날이다
매서운 바람을 모아
혈관을 자를 듯 날을 세운다

뿌리가 마그마를 삼켜도 뜨겁지 아니하다
― 오 계절 몬순의 나무는 지팡이가 되어도
나이테를 치노니…

쓰러지지 않는다
도끼로 치고 장작을 만들어
불쏘시개를 하여도,

달아오를 뿐
식은 뒤엔 더 푸르러진다

도시

도시,
밤새 자란 그림자로
기지개를 켜며 햇살에 비늘을 턴다

과일 속 애벌레처럼
구부정한 벤치 노숙자도
이제 눈을 뜨으며 모이 찾아가야지

강 너머 전철은 긴 고배로
방울뱀 소릴 내며 떠나고,
되돌아온 땅덩이는
여태 풀리지도 않았다

앞으로 열 시간,
침몰하기 전
가야만 한다
주울 것도 없지만
알 떨어진 곳이기에…

신호등 앞에서

신호등인가 했더니 달이다
이게 얼마 만이냐

배고프던 시절
더욱 배고프게 했던 달
때론 양키에게 얻어먹던
쿠키나 치즈 조각으로
한 두레박 가득 떠 있어
물로 배를 양껏 채우게 하던 달
그러나 胃大한 시대엔 디저트로도 안 보이던 그 달이
오늘 8차선 대로변 신호등 위에 떴구나

밥먹듯 지나가는 이 길에서
빨강 노랑 초록빛은 봤지만
너의 빛은 처음이니
이제 너는 나를 날마다 서게 하는
진짜 신호등이 되겠구나

호 수

호수는
바다를 닮으려 한다
높고 넓은 하늘을 담고 구름을 띄우고…
그러나 가랑잎에도 깨어지고 마는 호수는
가을 날 나의 마음을 닮으려 한다

무 제

내원사에 왔다
한 옥타브 높은 독경 소리에
늘어진 매미 소리 한가롭다

산다는 건
무언가를 뛰어넘는 것
목숨이란 건
무언가를 내놓아야 하는 것
온 김에 중이나 될까
아참, 비구니 절이지…

입구에 서 있는 공중전화 부쓰엔
비구니들이 꿰어 논
곶감처럼 줄을 이었다
그중엔 쌍꺼풀 수술한 중도 있다

전화기를 잡고 웃는 이
전화기를 잡고 우는 이
잊기 위해 중이 된 이
잊혀져 중이 된 이

그들은 천상 여자였다

빡빡 깎은 머리 위에
몰래 가발을 씌워 보는 나는
천상 남자이고…

평화보다 좋은 전쟁

나에겐 꼭 치러야 할 전쟁이 있다
속 보이는 영토전쟁이나
누구나 다 하는 聖戰도 아니다

거기엔 주접스런 철학도 없다
피가 튀고 살이 뜯기는 리얼리티만이 있을 뿐

관속에 누웠다가도
일어나야 한다
백 번 죽임을 당하여도
천 번 일어나야 한다

이 산들이 어떠한 것이냐
이 강물이 어떠한 것이냐
복수라 일컫지 마라
나의 님은 이 땅에서
뼈도 묻지 못했다

이젠 너희들의 입이 틀어막힐 차례다
아! 싸우리라
전쟁을 하리라

내가 죽으면
자식들이
자식들이 죽으면
또 그들의 자식들이
결코, 마를 수 없는 勇血로…

장작개비

공사장에서 뒹굴다 온 놈인가
몸통에 못이 박혀 있다
어떤 나무였을까
그냥 집어넣으려다
못을 빼고 넣었다
이제 나무로선 마지막이다
몸을 뒤튼다
피를 토한다
삶과 죽음
한 쪽이 한 쪽을 그리워한다

간지럽다
몸 속에서 싹이 돋는 듯…
…연기 속으로 나무의 그림자가 보인다

우리

시계의 바늘을 왜 바늘이라 하는지 알겠습니다
시간은 또 오지 않고 가는 것인지…

당신과 나는 두 레일과 같습니다
가장 가까이 있으면서
가장 멀리 있지요
그러나
아프면 또 얼마나 아프겠습니까
흐르면 또 얼마나 흐르겠습니까

우리를 짓밟고 가는 어떠한 세월의 무게도
모두 견딜 수 있습니다
우리 진정 하나 되는 날
지금의 상처는 도리어 사랑의 징표가 되어
펄럭일 것입니다

어떠한 종교보다 더 진실되고
어떠한 철학보다 더 심오하며
어떠한 예술보다 더 아름다운
너와 내가 아닌 우리의 역사로…

동쪽 끝에서

오늘은 행복해야지

출근길에 들풀 하나에도 인사를 하고
하늘을 보며 웃기도 한다
세상살이는 이런 것이야
허풍을 떨면서 점심으로 자장면을 시켜 먹고
컴퓨터로 오늘의 운세를 본다
– 동쪽에서 귀인이 나타나 오늘 하루를 책임진다는데…

종국이?, 영선이?
여기는 간절곶이 아닌가
모두 나보다 서쪽에 있다
동쪽에 있는 건 바다 용왕, 인어 공주
그리고 석양에 말라붙은 내 그림자뿐

그중에서 오늘도 내 그림자가
하루를 책임진단다

밥벌레

뭘 했다고 밥을 먹는지 모르겠다
숨을 쉬었다고 먹는지
숨을 쉬겠다고 먹는지
이래저래 점심이 잘 안 넘어간다
…남들은 밥을 잘 먹을까?

그래,
뭘 하겠다고 하고 밥을 넘기자
뭘 하겠다고 하고 깍두기도 넘기자
그리고 잘 먹었다고 하자
또
저녁도 맛있게 먹겠다고 하자

晩 秋

하늘엔
지지 못한 달이
바람에 뭐고
새들은
슬픈 이야기를
기쁜 곡조에 싣고서
끼르륵
북쪽으로 난다

칼이 칼집에 들어가듯
하루가 또 미끄러지면
난, 어디로 흘러야하나

남은 햇살은 조용히 들어와
빠알간 석류 알이 되고 있는데…

사는 것

사는 것이 어디 별건감
세끼 밥 먹고
남들 다하는 나쁜 짓 조금씩 하고
때 되면 자고

사는 것이 어디 별건감
슬프면 울고 기쁘면 웃고

사는 것이 어디 별건감
세끼 밥 먹고
남들 다하는 좋은 일 조금씩 하고
때 되면 죽고

버려진 것들

가끔 버려진 것들을 주워 온다
언젠가 시들한 국화가 소복이 든
화분 하나를 집어 왔다
물을 줘도 반응이 없어 포기할까 했지만
내가 버리면 영 그만이다 생각하니
쉽지 않았다

죽은 자를 살린 의사의 기쁨이 그러할까,
꽃잎이 다 떨어져 가던 어느 날
대궁에 물 차오름을 보았다
이제 방문을 열면
그 어떤 것보다 날 반긴다
필사의 향기로…

난, 그런 그녀를 매번
사랑의 키스로 안심시키고 있다

어머니의 남편

힘이 없으시단다
작년 같지 않으시단다

어머닌,
작은 돋보기도 못 이길
납작해진 코를 훌쩍이시면서
지겨운 세상이라 하신다

돌아가신 당신 남편이 수염을 길렀었는지
고슴도치 아들이 면도를 하다
먹은 귀에 큰소리를 질러대니
기억력 좋기로 유명한 어머니께선
작은 목소리로 – 모른다 – 하신다

저승에서는 당신 남편을
모른 척하겠다 하신다

계절이 있기에…

선바람에도
후두둑 떨어지는 풋과실들을 보노라면
젖 물고 자는 자식놈들을 빼앗기는 아픔일진데…

나무는 울지 않는다

다 거둘 순 없는 일
떨어지는 놈은
또 다른 놈의 팔다리가 되고

썰물과 밀물처럼
가져간 것만큼 가져오는
계절

그 계절이… 있기에

솔잎을 밟으며

노란 솔잎을 밟으며
가을 산길을 간다
울긋불긋,
단풍은 나뭇잎의 주검일까?
솔가지 사이로 여문 햇살이
하이얀 이로 웃고 있다

높은 하늘을 본다
멀리 제트기가 날아간다
한 점 떨림 없는 당찬 붓놀림이다
도화지 저편에서 저편까지…
그렇다면, 생명은 푸른색인가?

또르륵,
다람쥐 한 마리가
물음표로 가고 있다

휴지가 새처럼 나는 날

바람이 분다
빈 수숫대처럼 윙 하고
울고 있는 전깃줄
거기도 새들은 없다
지난봄 손톱 같은 부리로
날라놓은 짚나라미 속
거기도 새들은 없다
그 많던 새들이 다 어디 간 걸까
.

.

.

겨울보다 더 추운 가을엔
휴지가 새 되어 하늘을 난다

작품해설

배제排除와 통합統合의 변증

姜凡牛

배제排除와 통합統合의 변증

姜凡牛 ‖ 문학평론가 · 수필문학가 · 덕성여대 교수

한 개인의 정신세계는 타인과의 관계에서 곧잘 변용(變容)된다. 개인의 심리적 파장(波長)은 일정한 상황에서 또는 일정한 조건에 의해 생(生), 기(起)하고 또 멸(滅)하는 일련의 메커니즘의 산물이라 볼 수 있다.

구광렬의 詩는 이 글의 표제가 암시(暗示)하는 것처럼 매우 역설적인 사회적 의미를 함축하고 있다. 그의 광범위한 심리적 스펙트럼은 결코 개인적 삶에 머물지 않고 사회 전반의 제반 현상으로 확장된다. 그리고 이 시집에서 보여지는 폭넓은 소재와 주제는 그만큼 다양한 어조와 표현 기법을 통해 독자의 심리적 파장을 변용시킨다.

기다림이 있다는 건
사랑이 있다는 것
사랑 없인 하루도 힘든데,
오늘 철길 따라 걷는다

떠난 기차는 정시에 돌아오지 않는가
그냥 스치어도 좋다
나, 사랑할 때 슬픔은 기억하나
외로움은 낯선데
오늘
모든 것 그리웁구나

내릴 사람 없고
반길 사람 없어도
기차를 보련다
너무나 그리워
기차라도 만나련다

— 〈모화 역에서〉의 전문

　여기서 모화 역의 위치는 중요하지 않다. 지리산에 있든 구월산에 있든… 시인이 기다리는 기차는 하여튼 모화 역에 선다. 인간적인 정에 목이 말라 열차 플랫폼에라도 와 보았지만 동·서·남·북, 어디를 둘러봐도 그에겐 모든 곳이 낯설고, 모든 이는 이방인이다. 너와 내가 아닌 우리를 만나지 못하고 있다. 이렇게 시인은 현대인의 고독을 고독과 친하지 않은 장소에서 찾고 있다. 이러한 詩感은 〈바다〉, 〈그릴 수 없는 자화상〉 등과 같은 일련의 시에서도 느껴 볼 수 있다.

　바다는 기억을 지우려 한다

기억을 지우면 인연이 없어지는지…

무엇을 못 잊어
머리로 갯바위를 치며
아니, 아니라고
도리질을 하는가

– 〈바다〉의 일부

　바다는 지우고 싶은 기억으로부터 탈출하려고 갯바위에 수도 없이 머리를 친다. 그러나 그 아픔을 아는 이는 하나도 없다. 혼자서 몸부림치고 혼자서 몸을 태우는 것이다.

나는 내가 아니다
사진을 보든 거울을 보든
나는 나를 그릴 수 없다

내 몸 속에 내가 없고
벗어도 또 내가 아닌
아니 벗을래야 벗을 수 없는
탈 자체가 되어 버린 고기 덩어리

태워 버리자
묻어 버리자
그리고 떠나자

나도 모르는 곳으로

예수나 석가의 얼굴은 아니지만
어머니 자궁 속에서 짓던 미소를 띠며…

- 〈그릴 수 없는 자화상〉의 전문

이 시대의 인간 문화는 그 황폐의 끝을 보인다. 슈펭글러(O. Spengler)가 '서구의 몰락'을 말한 지도 오래다. 하이데거(Heidegger)는 '불안의 철학'을 부르짖었고 알랭(Alain)도 이 시대를 '흑사병' 시대라 혹평했다. 인간의 존재가 쓰지 못할 화폐처럼 홀대받고 반도덕적 무질서 속에서 인간은 자연과 또 다른 인간으로부터 소외당하고 있다. 가족과 지인들 속에 둘러싸여 있으면서도 정작 자기를 이해하고 보호해 줄 사람을 찾기는 힘들다. 고립무원의 상태에서 일어나는 자기와 자기가 아닌 세상과의 충돌, 그것이 문제인 것이다. 네온사인이 눈부신 도시를 활보하는 군중들은 외관상으로는 화려해 보이지만 속으론 '죽음에 이르는 병'을 앓고 있다. 결국 자기 자신도 자기에게 타인이 될 수밖에 없는 아이러니, 그것이 〈그릴 수 없는 자화상〉이 드러내는 우리의 모습이다. 그 자화상은 사르트르의 소설 《구토(La Nausée)》의 주인공 A. 로캉탱처럼 바닷가의 조약돌이나 문지방의 손잡이를 잡아도 구역질을 느끼는 이인감각(離人感覺)에 고민하는 현대의 인간상인 것이다.

어머니보곤 현실주의자시란다
그런 어머닌, 어릴 적부터 실속 없는 나를
텅 빈 강정 같은 놈이라 하신다
어느 봄날
단감 묘목 몇 그루 사들고 온 날
당신의 희미한 두 눈에도 실망의 빛은 번쩍였는데

– 언제 따먹을 수 있노?
– 한 5년 후면요
– 아이구 시어마시야, 명 짧은 년 어디 맛이라도 보겠나
　올 가을에 따먹을 수 있는 나무 한 그루 사지 그래
– 이빨도 없으시면서 어떻게 드실라꼬예
– 누가 내 물라 카나

이렇게 어머닌,
실속 없는 80 몇 년을 현실주의자로 사셨다

– 〈단감나무와 어머니〉의 전문

개개인이 겪는 소외가 가족간의 이질감으로 확장되고,
〈나쁜 이웃〉에 이르러서는 그 범위가 사회로까지 넓혀진
다.

멕시코 Veracruz 어딘간
빗자루를 꽂아도 싹이 난다는 곳이 있다

사람들이 잠을 자는 동안
神은 콩쥐의 소처럼 밭을 갈고
또 물을 댄다
허나, 정녕 수확만은 해 주지 않아
이웃들이 다 훔쳐가고 쭉정이만 남긴다

− <나쁜 이웃>의 전문

그러나 시인은 결코 이질감 혹은 고독 그 자체에 머물지 않는다.

나무라 불러 달라 한다
뿌리에서 올라오는 쓴 고독을
향기와 열매로 나눌 수 있는…

하염없이 이렇게 비를 맞으면
언젠가 콘크리트에도 구멍이 나
수액 뜨겁게 흘러
잎새 돋고
가지 또한 뻗어
만세 부를 수 있는 生으로…

− <전봇대>의 일부

이 詩에서 시인은 나무들 사이에 서서 짐짓 나무 흉내를 내고 있는 전봇대를 아이러니하게 묘사하고 있다. 그러나 그의 아이러니는 단지 이질적인 대상을 풍자하는 데 그치지 않는다. 오히려 그 대상을 빌어서 고독과 이질감을 넘어서고 있는 것이다. 세월의 흐름과 인내와 노력으로 극복될 수 있다고 할 때 소외는 더 이상 소외가 아니다. 이처럼 구광렬의 詩는 이질적인 대상, 소외된 대상을 그리면서도 그 지향점은 언제나 동질성과 통합으로 열려 있다.

이러한 열려 있는 시각은 그의 다양하게 열려 있는 소재 및 주제와 어우러져서 그의 시의 독특한 텍스츄어(texture) − 질책과 애정, 풍자와 관용이 날줄과 씨줄을 이루는 − 를 엮어 낸다. 이때 그의 시의 아이러니는 그 텍스츄어의 분위기에 걸맞는 더할 나위 없이 훌륭한 기법으로 작용하는 것이다.

아이러니는 사회성이 짙은 詩에 흔히 쓰이는 표현기법이다. 심지어 아이러니(irony) 자체를 현대의 문학정신으로 보는 학자들도 있다. 영국의 비평가이며 켐브리지대학 교수인 리처즈(I. Richards)는 《문학과 비평》에서 '아이러니'는 표면적 수사에 그치지 않고 내면적·심리적 작용을 한다고 말한다. 프랑스의 소설가이며 비평가인 브록코(J. R. Bloch)나 영국의 극작가이며 시인인 프라이(C. Fry)는 비합리적인 존재로서의 인간을 아이러니컬한 언어로써 비꼬지 않는다면 또 어떤 다른 방법이 있겠는가? 하고 반문하고 있다. 그중에서도 Richards는 詩의 탁월성과 졸렬성을 구분하는 기준은 詩 자체가 아니라 실제로 詩가 우리의 정서에 무엇을 가져다주는가에 있다고 주장하면서, 詩의 '아이러니'가 곧 그러한 기능을 맡는다고 한다.
즉 Richards에 따르면 인간의 심리체계는 여러 충동들
(impulses)이 상호 모순적으로 얽혀 있는 체재이다. 이 충
동들은 배제되거나 통합됨으로써 일종의 심리적 균형을
이루어 내는데, 詩의 '아이러니'는 이러한 이질적인 충동
에 대한 상호 반응의 체계라는 것이다. 따라서 '아이러
니'를 통해 상충되는 힘 혹은 관점을 상호 배제하면서도
통합하는 포괄적인 詩가 훌륭한 詩가 되는 것이다.

이 점에서 구광렬의 시는 바로 Richards가 말하는 포괄
적인 詩라 할 수 있다. 그의 詩는 아이러니를 통해 긴장을
유지함과 동시에 상반되는 충동과 관점의 균형, 혹은 초
월을 이루고 심지어 그 긴장마저도 초월하고 있기 때문이
다. 그 좋은 예로 구광렬의 또 다른 시집《자해하는 원숭
이》에 실린 시 한 편을 보자.

이 시대에 가벼워서 좋은 것은
하아얀 눈입니다
무거운 삶의 발자국도
그저 가볍게 찍힙니다

검은 물, 잿빛 바람 하늘로 가선
純潔로 눈부시게 돌아옵니다
일곱 번 일흔 번도 더 용서를 받고
개구쟁이 얼굴로 돌아옵니다

이 시대에 가벼워서 좋은 것은

하아얀 눈입니다
채 못 잊는 아픔마저 보담아 주고
소리 없이 그 다음 날 덮어 줍니다

-〈눈〉의 전문

　이 詩에서 시인은 시커먼 폐수와 잿빛 매연으로 표상
되는 현대산업주의와 물질문명을 하얀 눈을 통해 정화시
키고 있다. 이 "검은 물, 잿빛 바람"이 아이러닉하게도 하
얀 눈으로 내리고 있는데 여기엔 따뜻한 서정이 배어 있
다. 결국 세상을 사랑의 눈을 통해 희망적으로 보고 있는
것이다.
　이처럼 구광렬의 詩는 그 시어에 있어서 우리 문단의
70년대 이후의 거칠고 닦여지지 않은 억센 詩들과도 다
르고, 그 관점에 있어서도 80년대의 써늘한 이념으로 점
철된 詩들과도 다르다. 소재와 주제뿐 아니라 풀어 가는
서술 방식도 다르다. 그리고 무엇보다 그의 詩에는 시 본
연의 음악성이 살아 있다. 또한 운문이 지녀야할 함축성
과 간결성이 있을 뿐더러 아이러니와 위트가 살아 숨쉰
다. 이러한 독특한 구광렬의 시 세계는 그가 세상을 바라
보는 '눈' 을 통해 이해될 수 있다.

　나, 머리 다 빠지면 어때
눈만 살아 있으면 되지

　나, 내장 다 썩으면 어때

눈만 살아 있으면 되지
나, 죽은 들 어때
무덤 뚫고 눈만 번뜩이면 되지

- 〈눈〉의 전문

티벳의 라닥크지방의 '스피토그' 寺院에는 '카아라자크
라' 불상이 있다. 이 부처는 눈을 셋 가졌다. 두 눈은 俗世
를 보는 것이고 나머지 하나는 제3의 눈, 일컬어 초월적
세계를 보는 눈이라 한다. '내가 어떻게 존재하는가?'를
보는 눈인 것이다. 이는 프로이드의 슈퍼 에고(Super ego)
에 상당하는 눈이라고도 할 수 있다. 이 제3의 눈은 자기
와 타자의 관계를 꿰뚫어 보고 인간존재의 본질을 응시하
는 것이다.

이 시에 나오는 '눈'은 구광렬에게 있어서 바로 이 제3
의 눈 구실을 하고 있다. 죽은 뒤에도 번뜩이는 이 눈은
삶과 죽음을 포괄하고 과거와 미래를 관통한다. 이 포괄
적인 눈을 통해 상호 모순되고 상충하는 사회현상이나 대
상은 배제되면서도 일면으로는 통합되는 것이다.

그러나 여기서 덧붙일 것은 그의 이 포괄적인 '눈'은
다름 아닌 그의 '사랑'의 마음에 그 근원을 두고 있다는
것이다. 결국 그의 시의 최종적인 synthesis는 '사랑'이
라는 것을 그는 〈포도나무와의 약속〉, 〈풀들을 위해〉, 〈희
망 나무〉 등을 통해 여실히 보여 주고 있다. 이처럼 삶을
보는 따뜻한 사랑의 눈이 구축해 내는 배제와 통합의 변
증은, 시의 본연을 추구하는 그의 정통적이면서도 또한

실험적인 시작기법과 더불어, 詩作에 뜻을 둔 신진들이
본받을 만한 점이라 하겠다.

2002년 11월 12일